歡迎來到菲姊妹的世界！

俏鼠菲姊妹
Tea Stilton

本書的小主人是：

\--------------------------------------

俏鼠菲姊妹 Tea Stilton

勇闖古迷宮

菲·史提頓
Tea Stilton

新雅文化事業有限公司
www.sunya.com.hk

俏鼠菲姊妹 3

勇闖古迷宮
LA CITTÀ SEGRETA

作者：Tea Stilton 菲·史提頓
譯者：張曦
責任編輯：朱維達
中文版封面設計：李成宇
中文版內文設計：羅益珠 劉蔚
封面繪圖：Manuela Razzi, Paolo Ferrante and Ketty Formaggio
插圖繪畫：Alessandro Battan, Fabio Bono, Sergio Cabella, Barbara Dì Muzio,
　　　　　Paolo Ferrante, Marco Meloni, Manuela Razzi and Arianna Rea,
　　　　　Fabio Bonechi, Ketty Formaggio, Daniela Geremia, Donatella
　　　　　Melchionno and Micaela Tangorra
內文設計：Laura Zuccotti, Paola Cantoni and Michela Battaglin
出　　版：新雅文化事業有限公司
　　　　　香港英皇道499號北角工業大廈18樓
　　　　　電話：(852) 2138 7998　傳真：(852) 2597 4003
　　　　　網址：http://www.sunya.com.hk
　　　　　電郵：marketing@sunya.com.hk
發　　行：香港聯合書刊物流有限公司
　　　　　香港新界大埔汀麗路36號中華商務印刷大廈3字樓
　　　　　電話：(852) 2150 2100　傳真：(852) 2407 3062
　　　　　電郵：info@suplogistics.com.hk
印　　刷：C&C Offset Printing Co., Ltd.
　　　　　香港新界大埔汀麗路36號
版　　次：二〇一四年十二月初版
　　　　　10 9 8 7 6 5 4 3 2 1

　　我，菲·史提頓，是老鼠島上最有名的《鼠民公報》的特約記者！我愛旅行、愛冒險，也喜歡認識世界各地的朋友！

　　我畢業於陶福特大學。我曾經在那兒教授新聞學，並認識了五個很特別的女孩：科萊塔、妮基、潘蜜拉、寶琳娜和薇歐萊特。這是一羣很能幹的女孩，她們之間有着真摯的友誼。

　　出於對我的喜愛，她們以我的名字成立了一個團體：俏鼠菲姊妹。這讓我十分感動，因此，我決定親自講述她們的神奇冒險經歷，那可是一些非常有意思的、真正的冒險奇遇……

俏鼠菲姊妹！

妮基

名字：妮基

昵稱：妮可

故鄉：澳洲（大洋洲）

夢想：從事與生態學有關的職業！

愛好：喜歡戶外活動、親近大自然！

優點：只要是在戶外，心情總很好！

缺點：停不下來！

秘密：有幽閉恐懼症，受不了密閉的空間！

妮基

科萊塔

名字：科萊塔

昵稱：蔻蔻

故鄉：法國（歐洲）

夢想：成為一名時尚記者！

愛好：喜歡一切粉紅色的事物！

優點：非常勇敢，樂於助人！

缺點：遲到！

秘密：放鬆方式是洗頭、燙鬢髮或做美甲！

科萊塔

名字： 薇歐萊特

昵稱： 薇薇

薇歐萊特

故鄉： 中國（亞洲）

夢想： 成為一名知名小提琴手！

愛好： 學習！

優點： 非常嚴謹，喜歡認識、了解新事物！

缺點： 易怒，不喜歡被開玩笑！沒睡足就無法集中精力！

秘密： 放鬆方式是聽古典音樂、喝果味綠茶！

名字：寶琳娜

昵稱：比拉

故鄉：秘魯（南美洲）

夢想：成為科學家！

愛好：喜歡旅行、結交全世界的朋友！

優點：典型的利他主義者！

缺點：害羞、糊塗。

秘密：電腦問題對她來說易如反掌，再難都難不倒她！

寶琳娜

寶琳娜

名字: 潘蜜拉

昵稱: 帕咪

故鄉: 坦桑尼亞（非洲）

夢想: 成為體育記者或汽車修理技工！

愛好: 癡迷薄餅！

優點: 處事果斷，愛好和平！討厭爭吵！

缺點: 衝動！

秘密: 只要一把螺絲刀、一個扳手，她就能修理好所有的問題車輛！

潘蜜拉

潘蜜拉

你想成為菲姊妹中的一員嗎？

名字：_____

把你的名字寫在這裏！

昵稱：_____

故鄉：_____

夢想：_____

愛好：_____

優點：_____

缺點：_____

秘密：_____

把你的照片貼在這兒！

目錄

接二連三的留言　　　　　　　　15

一切是這樣開始的……　　　　　21

不只是朋友！　　　　　　　　　27

一隻特別的老鼠　　　　　　　　31

小妹妹！　　　　　　　　　　　38

瑪利亞，我們信任你！　　　　　42

通往馬丘比丘的道路　　　　　　47

烏雲與禿鷹　　　　　　　　　　53

多古查教授！　　　　　　　　　58

辣辣的熱湯　　　　　　　　　　63

一隻勇敢的老鼠　　　　　　　　67

向瓦納比丘前進　　　　　　　　73

懸在空中！　　　　　　　　　　80

咳咳咳咳咳咳！ 88

救命啊！ 93

一隻奇怪的禿鷹 97

不期而遇 101

爸爸！ 105

可疑的老鼠，可疑的計劃 112

太陽門 120

一道……沒有鎖的門？ 126

在秘密城市裏！ 133

最簡單的辦法 141

美洲獅標誌！ 144

掉進陷阱裏！ 147

天黑之前 152

秘密之門 156

外面！ 159

藏寶室內 161

飛嘍！ 169

菲姊妹添新成員了！ 176

給瑪利亞的禮物！ 179

菲姊妹手記 181

朋友們，你們好！

你們想幫助菲姊妹解開各種謎題嗎？這可不是件容易的事，不過只要按照故事中的指示看下去，也沒有多麼難啦！

當你們看到這個放大鏡時，要格外注意：因為這意味着這一頁會有重要的線索。

有時，我們會對現有的情況做些梳理，以免遺漏掉什麼有用的線索。

那麼，你們準備好了嗎？

一個神秘的冒險故事正在等待你們呢！

接二連三的留言

我剛從老鼠島上的**國家公園**回來，這次的旅行實在是太難忘了。

在湖邊郊遊了三天，

雖然非常疲倦，

但卻是一次緊湊

又充滿刺激的旅程！

換句話說，這亦是我最喜歡的旅行方式！

老鼠島上的國家公園

我真的累透了！

一進門我就把書包一丟，一頭栽進了客廳柔軟的沙發裏。

我終於回到家了，感覺**很開心**！

一抬頭，我便發現電話錄音機的信號燈在**閃動**，於是我用僅餘的一點力氣按下 按 鈕 聽留言。

第一條：「嗨，菲！我想借用你的小船……哦，我忘記了你在旅行呢……**咔嗒！**」

那是我的一個朋友**阿爾賽尼亞·阿爾賽妮卡**的聲音，我們是在一場生存競賽中認識的。

第二條：「菲，是我！阿爾賽尼亞！你還記得我嗎？我是阿爾卑斯山上的導遊！難道你還在旅行嗎……**咔嗒！**」

第三條：「喂，菲？我想問你可不可以把潛水衣借給我……對了，你還在旅行……**咔嗒！**」

第四條、第五條、第六條留言都是她的：
「好吧，菲！你到底什麼時候才回家呢……
咔嗒！」

第七條留言一響起，我就從沙發上**跳**起
來：「菲！我是**寶琳娜**，
我在庫斯科，我需要
……**咔嗒！**」

電話錄音機的錄音
時間用完了，所以寶
琳娜的話只錄了一
半。

寶琳娜在**秘**
魯的庫斯科做什麼
呢？

她為什麼沒和另
外幾個**菲姊妹**在學
校裏呢？

寶琳娜在秘魯的庫斯科做什麼呢？

　　我想立刻跑到鯨魚島上的陶福特大學一探究竟。

　　我得承認，我非常**喜愛**那五位女孩。

　　我在學校教**冒險**新聞課時認識了寶琳娜、薇歐萊特、潘蜜拉、科萊塔還有妮基，我就像是她們的姐姐……

　　我這樣想着，目光忽然落到了手提電腦的屏幕上。

潘蜜拉　寶琳娜　科萊塔　薇歐萊特　妮基

她們就是我的朋友俏鼠菲姊妹！

我的腦海裏瞬間閃過一個念頭！

對了！寶琳娜經常用電腦傳送緊急消息！於是我馬上查看自己的電郵信箱。

我的判斷是正確的——寶琳娜給我發了一封 **長長的** 電郵，還有一個大大的附件。

你們知道電郵裏有什麼嗎？是菲姊妹最近進行的一場令人難以置信的冒險歷程！地點是在遙遠的**秘魯**！電郵中還有一些非常美麗的照片。

電腦術語

E-mail：即電子郵件。通過互聯網，人們可以隨時隨地將信息傳送到另外一台電腦上。

附件：電子郵件的附屬文件。可以是照片、音樂、電影、文字檔或其他資料。

手提電腦：小型可攜帶式電腦，就像一個小行李。

　　還有，我打開郵件的同時，電腦裏傳出了一段經典的音樂——《安第斯山的草原遊牧歌》。

　　太神奇了！這彷彿讓我覺得自己和親愛的朋友們一起置身於美麗的海洋之中，那正是菲姊妹去過的地方！

　　寶琳娜傳過來的電郵正是一個完美的故事素材。

　　它的名字就叫做：勇闖古迷宮！

　　一切由鯨魚島上那道温暖的春季晨光開始……

一切是這樣開始的……

豔陽高照，現在的春天已經有點像夏天，整個白天，鯨魚島上似乎連一寸涼爽的**樹蔭**都沒有了。

菲姊妹在**老鷹林**中已經藏身了好幾個小時。

此刻，薇歐萊特、寶琳娜、科萊塔正帶着攝錄機和**望遠鏡**靜臥在一塊凸起的岩石上，而手持相機的妮基和拿着一支收音器的潘蜜拉則騎在一棵百年**橡樹**的樹枝上。

她們**監視**的目標是崖壁上的一個由**山體滑坡**而形成的小洞穴，有一對游隼在那裏築了巢，

這個時候，游隼媽媽正在巢裏孵蛋。

菲姊妹想要記錄下幼鳥孵出蛋殼的神聖時刻，這會是給大學報紙最好的獨家新聞！如果成功的話，她們在這學期的報告文學課一定能取得**最高分**，畢竟接近游隼**巢**可不是一件那麼輕易的事！

新聞學術語

獨家新聞：只有一家媒體報道或者一家媒體率先報道的具有較高新聞價值的新聞。

報告文學：經過比較深入的研究後的報紙文章或是電視新聞。

陶福特大學報
直擊游隼巢
老鷹林裏來了新「住客」

游隼巢裏幼鳥的獨家照片

獨家　　　訪談

薇歐萊特的雙眼一直沒離開過望遠鏡，她這時向大家做了一個手勢，這意味着她發現了巢裏有新動靜，所有鼠都不由得屏住了呼吸。

也許，讓我們等待多時的畫面快要出現了！

　　但就在這個時候…… OTOTOT？？？

　　寶琳娜的手機突然響了起來！

　　受到**驚嚇**的潘蜜拉差點從樹枝上掉下去，與此同時，洞穴深處傳來一陣恐怖的鳴叫聲；

　　游隼媽媽發現了她們！

　　永別了，獨家新聞！

　　游隼媽媽現在很**憤怒**，伸出的**利爪**亦很嚇人！

　　三十六計，走為上策！

在這個危急關頭，薇歐萊特發現寶琳娜居然還在那裏講電話，於是她一邊把她拖走，一邊責備她說：「你認為現在是閒聊的時候嗎？」

但當她看到寶琳娜那雙**大眼睛**裏蓄滿淚水，不由得停止了責備。

不只是朋友！

寶琳娜剛返回**學校**，就去了**校長**奧塔夫的辦公室。她跟校長說明了情況，請求馬上讓她離開**鯨魚島**，校長聽完以後，連一秒鐘都沒有猶豫，便立刻批准了寶琳娜的請求。

寶琳娜為什麼這麼**急著**要離開學校呢？薇歐萊特、潘蜜拉、妮基還有科萊塔在校長的辦公室外焦急地等着她出來解釋。

「嘟多娜，我們不只是朋友，更是姊妹！」

「你要相信我們，告訴我們究竟發生了什麼事？」妮基勸她道。

「是的！菲姊妹之間是沒有**秘密**的，永遠都不會有！」薇歐萊特的語氣很堅決。

「如果你遇到了問題，需要幫助……」科萊塔説。

我們不只是朋友，更是姊妹！

「那就告訴我們到底是怎麼一回事吧！你也不想讓我們擔心的，對不對？」潘蜜拉急得嚷了起來。

寶琳娜感受到大家的關心，她十分感動。

「你們說得對，但時間緊迫，我一邊收拾行李一邊跟你們解釋吧！」

「你要離開？」其他幾個女孩異口同聲地問道。

「我得馬上回秘魯！」寶琳娜解釋道，「剛才那個電話是我的妹妹瑪利亞打來的，我們的一個好朋友現在的處境非常危險！」

「那就先別解釋了！」妮基打斷了她，「路上再跟我們細說吧，我們不會讓你一個人離開的！」

「你們要跟我一起去秘魯？！」寶琳娜激動地尖叫起來。不過她的朋友們已經顧不上回答她，紛紛跑回房間去收拾各自的行李了！

南美洲

南美洲為世界七大洲之一，位於西半球的南部，東邊是大西洋，西邊是太平洋，陸地以巴拿馬運河為界，與北美洲分隔。

數字

安第斯山脈是世界上最長的山脈，它綿延9,000多公里。

安第斯山脈地區的「的的喀喀湖」是世界上海拔最高，而且是可以通航的湖，湖面海拔3,812米。

奇聞

秘魯安第斯山脈的鐵路最高處海拔達4,817米，曾是世界海拔最高的鐵路，但是這一紀錄在2006年被打破。目前，世界海拔最高的鐵路是中國青藏公路上的唐古拉車站，海拔高達5,072米。

委內瑞拉

圭亞那

蘇里南

哥倫比亞

法屬圭亞那

厄瓜多爾

秘魯

巴西

玻利維亞

巴拉圭

智利

烏拉圭

阿根廷

一隻特別的老鼠

姊妹們需要乘小船到老鼠島，然後在老鼠港乘飛機前往目的地。

坦白說，這次**波希力波 · 特拉卡尼奧蒂**可謂立了大功，多虧這隻**帥氣**的老鼠，她們才得以順利而及時地到達機場，要知道，他那艘小小的漁船可是**打破了**從鯨魚島到老鼠島的航速**紀錄**！

在飛機上，菲姊妹坐在一起，她們終於可以稍微喘口氣了，於是寶琳娜跟大家說起了事情的始末。

「就像我之前跟你們説的那樣，是我妹妹瑪利亞打電話來的⋯⋯對了，請大家原諒我忘記剛才在拍攝時沒關好手機。」

「幸虧你沒關上，否則你就不會知道這件事了！」妮基説，「對了，究竟是什麼事讓你這麼緊張？」

「是多古查教授——」寶琳娜努力向大家解釋，「他的兒子⋯⋯失蹤了，於是他就獨個兒去尋找⋯⋯但是，他遇到了危險！」

「停一停！」潘蜜拉喊道，「你可否從頭開始説起？我什麼也沒聽明白！」

「你得先告訴我們這位教授是誰！」薇歐萊特説。

寶琳娜拿出一張她的妹妹瑪利亞四歲時的照片，照片上，小女孩坐在一位穿着聖誕老人服飾的老先生懷裏。

「照片上的老人就是多古查教授。」

「誰？聖誕老人？！」科萊塔驚訝地問道。「是的，就是裝扮成聖誕老人的那位。我記得，那是一個令人悲傷的聖誕節，我的父母離世後不久便到聖誕節了，照顧我們的叔叔們用盡各種方法想讓我們開心，但是，不論是誰都無法讓瑪利亞笑一下。然後，多古查教授來了，他是我們家的一個朋友，當時他

多古查教授

瑪利亞

裝扮成聖誕老人，坐在一輛掛滿鈴鐺的馬車上，帶着我們跑遍了整座城市……最後，瑪利亞終於笑了！」

「真是特別！」潘蜜拉說。

「是的，他的確是一隻非常特別的老鼠，瑪利亞很愛他，給我打電話的時候，她的聲音在顫抖！」

「教授究竟發生了什麼事？」薇歐萊特問。

「教授和他的兒子宮扎羅都是當地很有名望的考古學家！不久以前，宮扎羅在一次考

察中**失蹤了**。教授很久也沒有他的消息,他十分焦急,於是他不顧惡劣的天氣獨自出發前去**安第斯**山脈尋找宮扎羅了!」寶琳娜説着不由得激動起來。

「冷靜一點,寶琳娜!」薇歐萊特安慰她説,「放心吧,他們不會有事的,因為我們一定能及時趕到,並且幫助教授找到他的兒子!」

亞馬遜平原

伊基托斯

泛美公路

烏魯班巴

太平洋

利馬

馬丘比丘

納斯卡

庫斯科

的的喀喀湖

阿雷基帕

N
W — E
S

0   100   200 公里

在地圖或地圖冊中（如上圖所示），我們可以在下方找到一個比例尺來幫助我們理解該地區的真實大小。

比如在此圖中，左下方的比例尺告訴我們，圖上每厘米的距離代表着現實中100公里的距離。

秘魯

首都：利馬

面積：1,285,216平方公里

人口：27,949,630

人口密度：23人/平方公里（2011年）

官方語言：西班牙語

其他土著語言：克丘亞語*和艾馬拉語

歷史

　　秘魯被稱為南美洲文明的心臟，是一個擁有悠久歷史文化的古國，其歷史可以追溯到公元11世紀。當時，印加人（印第安人其中一個部族）將勢力延伸到這一帶，建立起印加帝國，給後世留下了輝煌的印加文明事跡。但實際上，大約公元前4,000年，秘魯這片土地上就出現過文明的曙光。

印加帝國

　　印加帝國是一個行奴隸制的國家，以一套完整的國家體系而聞名於世。當時，印加王在全國大興道路和建設驛站，以庫斯科城為中心，修建了四通八達的交通網絡，這不僅鞏固了帝國的統治，同時也令文明散落在鄰近的地區。

　　印加帝國的版圖大約包括秘魯、哥倫比亞、厄瓜多爾、玻利維亞、智利和阿根廷一帶。西班牙殖民者法蘭西斯克·皮澤洛於1532年征服南美洲，自1532年起到1821年止，秘魯都是西班牙的殖民地。今天的秘魯是一個總統制議會民主共和國，實行多黨制。

＊克丘亞語是南美洲原住民使用的古老語言。

小妹妹！

經過一天的航程，在黎明拂曉的時候，菲姊妹看到了**庫斯科城**。

「Merveilleux（真漂亮）！」科萊塔驚歎道，有時她在激動的時候會冒出一句**法語**。

「真的很漂亮！」薇歐萊特把頭伸到窗邊，一面看窗外的景色，一面點頭贊同道。

飛機降落後，她們步出機場後便看到了瑪利亞和寶琳娜的叔叔們在等她們。

「**姐姐！**」她們聽到一聲大喊。只見瑪利亞不停地跳起來想看清楚姐姐的位置，待她找到後，便一個箭步衝上去**抱住**了寶琳娜，力量大得差點把寶琳娜撲倒在地上。

寶琳娜驚歎道：「哎呀！我快抱不起你了！這幾個月以來你**到底**↓長大了多少呀？」

「長高了三厘米半，重了五磅！」瑪利亞**得意地**答道。

她高興得眼中**閃着淚班**，重新抱着姐姐的感覺真好，她很高興姐姐看到她長大了。

隨後，寶琳娜逐一向瑪利亞介紹了她的**朋友們**，小女孩和**俏鼠菲姊妹**一見如故！之後，大家便一起離開了機場。

姐姐！

幸好佩德羅叔叔是開着旅行車來的，這樣才能把她們幾個連同行李**一起**塞進車裏⋯⋯對了，這裏還有科萊塔的**幾個**粉紅色的大箱子！

庫斯科

人口：264,000

海拔：3,399米

　　庫斯科距離首都利馬東南方向500公里，曾是古印加帝國的首都，具有獨特的宗教和行政職能。庫斯科的主要建築物是城外1.5公里處薩克薩瓦曼圓形古堡，這裏曾是古代印第安人舉行「太陽祭」的地方。

　　城裏不僅保留着印加時期的文明古跡，還有一些建於16、17世紀的大教堂和修道院。此外，庫斯科還有一座建於1692年的古老的大學。

庫斯科大教堂

瑪利亞，我們信任你！

從陶福特大學出發之前，寶琳娜透過**電腦**與「**藍色老鼠**」取得了聯繫。「**藍色老鼠**」是一個**生態協會**的

藍色老鼠

名稱，寶琳娜和妮基早在幾年前就已經加入了。協會的分部遍及世界各地，而成員主要通過分享各種生態的環保信息來互相聯繫。

多得藍色老鼠在秘魯的朋友們的幫助，菲姊妹很快就得到了一張最新的**地圖**，那正是**多古查教授**前往的那個區域的地圖。

在寶琳娜檢查行程中的每個細節的時候，瑪利亞一直黏着她，寸步不離。

「我真的不能跟你們一起去嗎？」小女孩充滿期待地問。

「這太危險了！」佩德羅叔叔插話道，「安第斯山脈是一個充滿危險和危機四伏的地方！」

瑪利亞失望極了。

這時，寶琳娜打開了她的手提電腦，對妹妹說：

「我有一個非常重要的任務要交給你。」

瑪利亞眨了眨眼睛，寶

琳娜繼續説道：「我知道你絕對值得信任！這部電腦可以追蹤我們的路線，如果我們走錯了方向，你要及時通知我。」

「這個『東西』能看到你登上安第斯山頂嗎？」佩德羅叔叔不太相信地問道。

寶琳娜看到佩德羅叔叔一臉**驚訝的**表情，忍不住笑着説：「它當然看不到我們，但是它可以追蹤到我的**衛星電話**的信號！這樣，在任何情況下，你們都可以從電腦屏幕上輕易地看到我們去了哪裏！」

佩德羅叔叔點點頭，説：「我還是不太明白，但是**我相信你**！如果你説我們可以放心，那麼我就放心好了！」

瑪利亞顯然已經急不及待地想要幫助菲姊妹了，而薇歐萊特正好有一個非常重要的**小任務**要交給瑪利亞。

「我不可以帶**弗利里**去，因為牠恐怕會

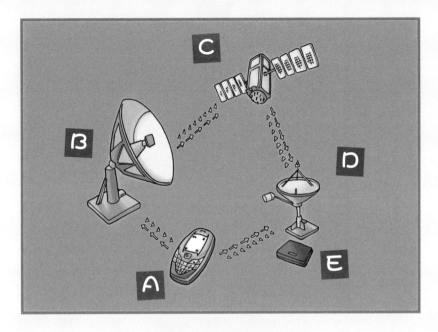

衛星通信系統

　　衛星通信能覆蓋有線和無線通信網絡無法覆蓋的區域，為人們的工作提供更為快捷安全的服務。

　　簡單來說，衛星通信的基本原理可以這樣理解：比如寶琳娜的手機（A）發出無線電信號後，會被附近的衛星通信站（B）接收並放大，然後信號會被傳往一個與地球在同一個軌道上運行的通信衛星（C），這個衛星將信號傳給叔叔家安裝的衛星天線（D）後，寶琳娜的信息就會傳到瑪利亞的電腦（E）上。

　　雖然信息好像走了很長的一段距離才到達目的地，但是現在的科技已將這一過程縮到了最短。

受不了山上的**寒冷**的氣溫，你願意替我照顧牠嗎？」

看著可愛的小蟋蟀把腦袋伸出南瓜小屋，小女孩激動地閃著淚光說：「當然願意！薇歐萊特！你完全可以相信我！」

吱吱！吱吱！

通往馬丘比丘的道路

第二天的凌晨時分，**太陽**大約兩個小時後才會升起，**菲姊妹**已經動身出發了。寶琳娜沒有絲毫倦意地坐在佩德羅叔叔身旁的座位上，她們要乘坐佩德羅叔叔的旅行車趕到火車站，然後登上那趟直達**馬丘比丘**的火車。

路上，寶琳娜跟叔叔談起了瑪利亞。

「你的妹妹很能幹！」叔叔安慰她說，「你不能陪伴她，自然會很想念她。但是你知道嗎？她很為你驕傲！她經常說起**陶福特大學**，就好像她也在那裏上學一樣。她告訴大家，總有一天她也會到那間學校去讀書，成為**俏鼠菲姊妹**的其中一位成員！」

寶琳娜聽罷很是**感動**。

這時，天還是黑漆漆的，車窗外的道路兩旁的街燈還亮着。

到了火車站，寶琳娜和叔叔擁抱告別，然後和其他菲姊妹登上了火車。大約四個小時後，她們來到了**熱水鎮**。

在那裏，寶琳娜租了一輛**越野車**，與朋友一起前往下一站——馬丘比丘。

一路上，薇歐萊特、潘蜜拉、妮基、科萊塔接連不斷地被眼前的景物所吸引……

　　「看，雪山！」

　　「一隻羊駝！」

　　「還有一羣小山羊！」

　　但當她們翻過山頂來到另一座山峯前，她們頓時變得目瞪口呆。出現在她們面前的是馬丘比丘遺跡——一座舉世聞名的印加古城，這座古城聳立於山峯之上，那裏有着古老的城牆和宏偉的廟宇。

　　「太宏偉了！」潘蜜拉驚歎道。

馬丘比丘

馬丘比丘是世界上重要的建築遺址之一。它位於現今的秘魯境內庫斯科省的西北部，聳立於海拔約2,350米的山脊上。**馬丘比丘**在克丘亞語中的意思是「古老的峯頂」。由於位處在絕佳的地理位置，**馬丘比丘**一度成為重要的軍事要塞，它的具體位置也曾經是軍事機密。也正因為如此，它被人遺忘達數世紀之久。

馬丘比丘在**1911**年被耶魯大學教授**海勒姆·賓厄姆**重新發現，他寫了很多關於馬丘比丘的考古著作，其中最著名的是《失落的印加城市》。

一些歷史學家認為馬丘比丘曾是印加帝國領土的邊境，就像持續擴張的先頭部隊一樣；另一些人則認為它是皇帝與貴族防備森嚴的避難所；還有人認為它是教育年輕女子們的地方，之後她們會被送去侍奉印加國王和大祭司。

烏雲與禿鷹

其實，寶琳娜很想讓姊妹們停下來看一看這個宏偉的馬丘比丘遺跡，可是現在她們的首要任務是要儘快找到多古查教授。

她們離開了烏魯班巴峽谷，踏上了廣闊的安第斯高原——一個至今仍有印加人後裔居住的地方。

一片烏雲遮蓋着太陽，

高原上颳起了一陣冷風。

她們在荒涼的道路上走了兩個小時，沒有看到一個生物。

妮基問：「你確定上面有鼠居住嗎？」

「這麼寒冷，誰會一直捱着寒風住在那裏？」薇歐萊特顫抖着說。

「那兒，就在那兒下面！」科萊塔指向車窗外。一路上她們都在用望遠鏡觀察高聳的雪峯，但現在她卻把視線放到了眼前。

　　寶琳娜把目光移向科萊塔所指的方向，說：「那些是**羊駝**嗎？還有一個牧羊人！」

　　菲姊妹終於遇見「一個生物」了，她們可

以打聽多古查教授的下落了！

　　牧羊人對這幾位女孩報以友好的微笑，當寶琳娜跟他用克丘亞語交談時，他笑得更開顏了。明顯地，這隻老鼠沒有**太多機會**跟別人聊天。

　　從他們的談話中，菲姊妹確認了教授幾天前曾經來過這裏，隨後就去了不遠處的湯普避難所。還有，牧羊人告訴她們最好儘快趕到那裏，因為暴風雨馬上就要降臨了！

　　牧羊人抬頭看了看越來越厚的烏雲，突然，他臉色發白，結結巴巴地說了一句：
「K-KUNTUR！」

隨後，他招呼也沒打就聚集起羊駝羣，**急急忙忙**地把牠們帶走了。

　　「他怎麼了？」潘蜜拉不解地問，「『Kuntur』是什麼意思？」

　　寶琳娜解釋道：「在克丘亞語中，那是『**禿鷹**』的意思。」說完，她忽然意識到了什麼，她吃驚地盯着天空仔細觀察，高空的烏雲間確實有一隻禿鷹在盤旋。

KUNTUR !

　　「不過，我不太明白他為什麼這麼慌張，那不過是一隻禿鷹罷了！」

　　「我們還是趕緊去避難所吧！看樣子馬上就要下大雨了！」薇歐萊特打

斷了寶琳娜的話。她已經冷得發抖了，只是她的話還沒說完，天空就下起了暴雨！

克丘亞語

克丘亞語是南美洲原住民使用的古老語言。

當印加人定都庫斯科時，印加國王將克丘亞語定為官方語言，以便用這種方式加強帝國的統一和統治。後來，隨着帝國版圖的擴張，克丘亞語也逐漸成為秘魯通用的語言。

今天，該語言用於秘魯、哥倫比亞、厄瓜多爾、玻利維亞、阿根廷以及智利。

多古查教授！

　　避難所離菲姊妹所處位置不遠，但她們用了一個多小時才抵達。

　　太大雨了！這讓她們幾乎看不清楚前方的道路，即使全開了車頭燈，前方的能見度仍然很低，寶琳娜不得不**龜速**前行。幸好，她們還有衛星導航辨別方向。

　　一路上，她們兩次陷進了泥潭，還要下車**推**➡着越野車走出泥潭。

　　她們渾身都被大雨**淋濕**了！

　　「我走不動了！我們就在這裏停下來等雨停吧！」科萊塔建議道，而薇歐萊特已經**凍**得牙齒都打**顫**了。

　　就在這時，她們發現前方閃着一點微弱的光芒。

　　「是湯普避難所！」潘蜜拉大叫了起來。

所有鼠都鬆了一口氣。

她們用盡全力奔向避難所。

一進門，她們看到壁爐前有一位老伯伯正在彎腰生火。

「**多古查教授！**」寶琳娜邊喊邊跑了過去。

教授**吃驚**得差點兒跌倒！對教授來說，大概一切奇怪的事情都有可能發生，只是在這個時候見到寶琳娜是絕對不可能！

「寶⋯⋯寶琳娜！你怎麼會在這裏？」

「教授，我和朋友們來到這裏是為了幫助你尋找宮扎羅的！」

兩隻老鼠緊緊地擁抱着！

隨後，寶琳娜為大家互相介紹，妮基則第一時間點着了壁爐上的火把，她可是個野外生火的能手。屋裏很快暖和起來，女孩們終於可以換下濕透的衣服，抹乾頭髮了。

寶琳娜跑到屋外的越野車裏翻着行李，從中拿了一個小包裹後又回到屋裏。小包裹裏面有色彩鮮豔的五件漂亮的披肩和五頂羊毛帽子。她把它們分給了朋友們，「這些是我的姨媽尼迪婭的一點心意，它們都是用羊駝的毛親手縫製的，你們穿戴上後就會知道它們有多暖和了！」

說着，她衝科萊塔笑了笑說：「粉紅色的是特意給你縫製的！」

辣辣的熱湯

多古查教授雖然不是廚藝精湛的廚師，但是他給女孩們煮了一鍋加了很多辣椒的熱湯。這正是她們此刻最需要的東西！喝完湯，就連臉色**蒼白**的薇歐萊特的臉上都回復了幾分血色。

吃完東西後，大家舒舒服服地圍坐在**壁爐**旁邊。

現在該分析一下她們目前的**情況**了。

「我本來打算明天僱用當地人做嚮導的，可是現在有點**阻滯**！」教授說。

「為什麼呢？」潘蜜拉問。

「當地人被**禿鷹**嚇倒了！」他回答。

「Kuntur（禿鷹）！」科萊塔驚歎道。

「我們也遇過同樣的情況，教授！」寶琳娜喊道，「當時我們在向一位**牧羊人**打聽消息，他一看到禿鷹的影子就立刻丟下我們離開了！」

「沒錯。」教授點了點頭，「禿鷹的樣子十分兇猛，**叫聲**也很恐怖，難怪當地人如此害怕。只是，這隻禿鷹的叫聲有點兒奇怪。我覺得是有鼠在散布『謠言』，製造**恐慌**，從而阻止人們登山。」

寶琳娜安慰他說：「教授，我們來這裏就是為了幫助你，不管發生什麼事情，我們一定會找到你的兒子宮扎羅！」

教授**高興地笑**了，他很感激寶琳娜和她的朋友為他做的這些事情！

薇歐萊特向教授問道：「那你認為**宮扎羅**去了哪裏呢？」

教授臉色一沉，說：「他恐怕去了瓦納比丘！那是一座非常**險峻**的山峯，登上那座山峯一直被人們視作一項冒險。儘管宮扎羅受過訓練，但是那座山峯非常陡峭，即使是擁有豐富經驗的攀山者都會望而生畏！」

菲妹妹一邊想着宮扎羅和瓦納比丘，一邊不知不覺地睡着了。

瓦納比丘

「瓦納比丘」在克丘亞語中的意思是「年輕的山峯」，它在馬丘比丘之上。通往山頂的小路非常陡峭，很難走，山峯海拔2,700米，印加人利用此處的山峯作為監察站。

一隻勇敢的老鼠

第二天烈日當空，淤泥和泥潭都很快被烈日曬乾了。從避難所前往瓦納比丘的那條路非常崎嶇，開越野車實在太危險了，所以最穩妥的辦法就是徒步前行。多古查教授從附近的牧羊人那裏買了幾匹羊駝，他決定靠這些羊駝來替他們運載糧食和裝備。

教授向菲姊妹解釋，登山的時候，即使背包很輕，但在海拔較高的地方負重攀爬也會

非常消耗體力！

安第斯山區的動物

禿鷹： 安第斯禿鷹是所有鳥類中翅膀面積最大的捕獵鳥，牠展開的翅膀可達3米，體重在11至15公斤之間，雖然飛行緩慢，但很有氣勢。對於印加人來說，牠是一種神聖的鳥。

灰鼠： 牠是一種嚙齒類動物，身形細長，不計算尾巴的話，身長可達35厘米。牠的後爪比前爪發達，因此牠主要用後爪覓食，頭部細小，卻有一對大大的肥耳朵，視覺和聽覺極佳。毛很柔軟，毛色以灰色為主，白色和黑色則比較罕見。

美洲獅： 又稱為美洲金貓。牠是一種兇猛的肉食類貓科動物，體色從紅色到紅棕色都有，眼內側和鼻樑骨兩側有明顯的淚槽。美洲獅的叫聲響亮，但不能吼叫，只能發出刺耳尖銳的高聲鳴叫。

眼鏡熊： 又稱為安第斯熊。牠雖然戴「眼鏡」，但牠的視力其實很好，人們這樣叫牠是因為在牠的眼睛周圍有一對像眼鏡一樣的圈而已。牠是生存在南美洲惟一的熊類，喜歡爬樹，生性腼腆孤僻，所以很難遇見牠們。

安第斯山區的駱駝

駱駝是哺乳類動物，在北非和中亞地區有雙峯駝和單峯駝，然而在南美洲我們只能找到：

大羊駝：印加人對大羊駝可謂利用到極致：羊奶、羊毛、羊肉，甚至是牠的糞便也被拿來做生火的材料！大羊駝是一種非常強壯的家畜，可以運送很多東西……除了人，因為牠絕不會允許人騎在牠的身上。

 **小羊駝：**牠是一種矮胖型的家畜，是南美山區最重要的運輸工具，別看牠體形較小，卻很能運載東西。牠如果被惹惱了，會向人的臉上噴口水。

原羊駝：牠是羣居性野生動物，從未被人類馴化。牠是奔跑健將，遇敵時，全速奔逃是牠們惟一保護自己的方法，因為在安第斯這樣的環境下，根本無處躲藏。

 駝馬：野生的駝馬是四種駱駝中體形最小的。牠身上的毛很長，光亮而富有彈性，比羊毛的品質還好，印加人用它來縫製國王的袍子（大臣們禁止穿上用駝馬毛製成的衣物）。

爬山的時候，爬得越高，空氣中的氧氣就越稀薄，呼吸就越困難。因此，人們應該用緩慢的爬山速度以適應環境的變化，這個時候，動作千萬不可太**劇烈**。

趁着教授跟牧羊人就羊駝的價格討價還價之際，寶琳娜和姊妹們便跟着其他的牧羊人交起了朋友。

他們都很**年輕**，照料着一羣體形較小的羊駝。這羣小羊駝被科萊塔誤以為是初生的羊駝。

太可愛了！

「這些是成年的羊駝。」寶琳娜向她解釋道，「你摸摸牠們，牠們的毛很柔軟的！」

「太可愛了！

真的很柔軟呢！」

牧羊人看着科萊塔驚奇的樣子都笑了起來。

　　寶琳娜則趁機向他們打聽幾天前來過這裏的宮扎羅的消息，説不定他們當中有人見過他呢！「對了，我記得他。」最年輕的那個牧羊人説，「那是一隻開朗而勇敢的老鼠！」

　　「勇敢？」寶琳娜追問道，「他做了什麼讓你覺得他勇敢呢？」

　　牧羊人忽然臉色一變，看了看四周，然後壓低了聲音説：「禿鷹！禿鷹從天而降！牠巨大的翅膀遮住了太陽，牠恐怖的鳴叫讓所有的動物都四散而逃！」

　　「那宮扎羅呢？他做了什麼？」寶琳娜問。

　　「他沒有逃跑，他是一隻非常勇敢的老鼠！」

　　「然後呢？」寶琳娜繼續追問，「然後他

做了什麼？」

牧羊人 **聳了聳肩** 回答她：「我不知道。但可以肯定的是，如果禿鷹沒有抓住他，那他不僅非常勇敢，**還非常幸運！**」

向瓦納比丘前進

他們組成了一支小小的遠征隊，一個接着一個，以緩慢的速度開始前進。

多古查教授的話是對的，在較高的**海拔**上爬山，對沒有受過訓練的人來說，即使只是小小的一步都會很費勁。要是沒有羊駝幫忙，他們根本帶不了裝備和糧食。

山路越來越**狹窄**，**石子**也越來越多，路變得越來越難走了。

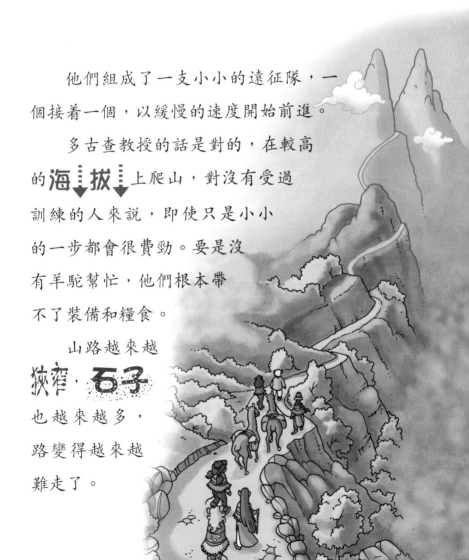

教授解釋道：「這是一條印加古道。你們觀察一下地上沒被任何植被覆蓋的鵝卵石……發現了嗎？它們的形狀都很有規則，而且是以一種特殊的排列規律鋪在地上的。」

「教授，你喜歡印加人嗎？」一直跟在他身邊的潘蜜拉問。

多古查教授看了看四周，然後感歎道：「那是一個很龐大而又善於建造偉大建築的古老民族。」

「你認為宮扎羅在瓦納比丘想要尋找什麼呢？」寶琳娜問。

多古查教授沒有馬上回答她。教授停下來回頭看了看他的「隊員」，除了潘蜜拉和寶琳娜，其他女孩都顯得筋疲力盡了。

這是正常的，因為有的人能迅速適應高海拔的環境，有的人則比較吃力。

前方不遠處有一塊比較大的空地可以搭建帳篷，於是教授提議道：「我們就在那裏停一會吧！大家先喝一杯熱茶，休息一下，我順便給你們講一個故事！然後大家一起搭建帳篷，晚上我們就在那裏過夜吧！」

一聽到「茶」，薇歐萊特馬上就好像充滿能量，她幾乎是跑完了最後幾米的路程。

當大家手裏都拿着熱騰騰的茶杯時，教授開始說起了故事……

金項鏈和帶扣

金前胸帶

兩個金花瓶

金面具

「故事發生在很久很久以前……」他說，「1532年，一羣西班牙人在冒險家弗朗西斯科·皮薩羅的帶領下來到**秘魯**。當時，他們不敢相信自己的眼睛——他們從沒見過如此多的財寶！他們**羈押**了強大的印加帝國國王阿塔瓦爾帕，向印加帝國勒索一筆巨額贖金作為釋放國王的條件！據說，印加帝國為了贖回國王，不僅用**黃金**堆滿了國王被關押的小屋，還用

銀子堆滿了另外兩個房間。儘管如此,那些金銀財寶對印加人來說也只是九牛一毛,更多的**財寶**被印加人秘密地收藏了起來,再也找不到了!」

寶琳娜問:「宮扎羅就是來尋找那些秘密寶藏的嗎?」

教授點了點頭説:「傳説中,印加人為那筆財寶特別建造了一座**秘密城市**,這吸引了無數貪婪的尋寶人。」

「那就像一個**巨大的**藏寶箱!」妮基插了一句話。

多古查教授笑着説:「是的!那個『寶箱』已經被搜尋了幾個世紀。探險家海勒姆‧賓厄姆重新發現了馬丘比丘時,曾經認為它就是那座秘密城市,然而,那裏連一絲寶藏的痕跡都沒有!經過無數次的**失望**後,人們開始

慢慢地認為，那座秘密城市只是一個*傳說*。」

科萊塔問：「但是你的兒子並不這麼認為，對嗎？」

「當宮扎羅還是一個小孩子的時候，他就夢想着要找到印加人的寶藏，他為此鑽研知識及搜集大量資料，現在，他已經成為了一名專業的**考古學家**。他最擔心的是秘密城市會被野蠻的尋寶鼠發現，因為那些只是想發財的鼠會破壞那座城市——一座體現了偉大的印加文明的重要遺跡！像我和宮扎羅這樣真正的**考古學家**，尋找秘密城市是為了

獲得豐富的知識資料，了解以前的輝煌文明，而不是為了**發財**……因為，說到底，知識才是最大的財富！女孩子們，你們要記住，以史為鑒，通過了解歷史而把握現在是非常重要的！」

俏鼠菲姊妹對教授的一席話非常贊同，同時也非常欽佩這對父子。

懸在空中！

　　休息了一夜，到了第二天清晨，大家都**精力充沛**地再次踏上征途，菲姊妹也慢慢適應了高海拔的環境。

　　他們行走在一條**彎彎曲曲**、盤旋在山間的小路上，轉過無數的彎路後，這支隊伍來到一座小山峯前停下了腳步。

　　對面是懸崖峭壁！

　　沒有**路**了，前面的山谷下就是湍急的河

流！

　　現在他們只有一條路可以走，那就是掛在山谷之間的吊橋！

　　科萊塔總結道：「現在才是冒險的開始！」

　　「這樣長的繩索，這麼多的木板！我以為這種吊橋只會在電影裏出現！」潘蜜拉驚歎不已，她是惟一沒有被眼前的一幕嚇得張口結舌的老鼠。

　　「它應該比我們想像中還要穩固一些。」寶琳娜說，「幾年前我曾經走過一座吊橋，其實沒那麼難……應該是說：非常容易！」

吊橋

受地形及技術限制，印加人無法建造拱橋，因此他們主要建造的都是吊橋。

在建造吊橋時，最重要的部分是繩索。它主要從含豐富纖維的龍舌蘭中提取的物料所製成。龍舌蘭是一種葉子可生長達3米長的肉質草本植物。它的體積龐大，葉子非常堅韌。世上最大的印加吊橋是阿普里馬克吊橋，至今已被廢棄。

吊橋是由密集的繩索按照一定的規律編織而成，那些繩索是用龍舌蘭的粗纖維搓成的。另外，橋面上配合繩索鋪上了一層**木板**，這樣走起來便比較容易一些。

寶琳娜說着已經上前邁出了**第一步**，但是教授立刻大聲制止了她：「寶琳娜，等等！我先行！讓我來檢查一下它是不是像看上去那麼牢固……」

多古查教授 *迅速* 跑上了吊橋，並搶在

寶琳娜前面，然後，他居然在吊橋上像袋鼠一樣跳了起來！

咚咚 咚咚 咚咚！

菲姊妹快要嚇暈了。

「他在做什麼？瘋了嗎？

潘蜜拉快嚇壞了。

「好了，教授，太危險了！」薇歐萊特着急地勸道。她嚇得臉色蒼白，就像一塊潔白的乳酪。

但是教授在吊橋上依然泰然自若地蹦蹦跳跳，叫嚷着：「很牢固，你們別擔心！如果它支撐得住我這樣跳，我們就可以讓羊駝馱着我們的東西走過去了。」

咚咚咚！

教授注意到了薇歐萊特蒼白的臉色，便問：「小女孩，你怎麼了？頭暈嗎？」

薇歐萊特呆呆地點了點頭，她呆盯着下面湍急的河流。為了給她加油打氣，教授給了她一個擁抱，說：「別想那麼多了，幫我檢查一下羊駝背上的行李有沒有平衡地擺放好吧！你的朋友們會先走。」

寶琳娜是菲姊妹中第一個踏上吊橋的，只見她用緩慢而穩健的步伐毫不猶豫地走了過去。

「看到了嗎？」順利到達了對面山脊的她

大叫，「只是有一點點**搖晃**！」

多古查教授笑道：「做得好！女孩們，加油啊！我們快點兒過去吧，我已經餓得像**餓狼**一樣了！」

隨後的妮基和科萊塔，雖然有些**猶豫**，但她們仍勇敢地走過了吊橋，薇歐萊特則覺得自己還是沒有準備好。

「你跟她留下！」教授對潘蜜拉說，「我先把羊駝帶過去，然後回來接你們！」

大多數羊駝在搖搖晃晃的吊橋上走得悠然自得，只是有一隻有一點問題，就是當教授試着扯着牠脖子上的那條繩子的時候，牠突然往**教授**的臉上吐了**一口口水**，然後自己跑着過橋了。

　　「*牠的脾氣真夠大！*」教授笑着擦了擦臉。

　　潘蜜拉大笑起來，薇歐萊特也忍不住笑了起來。

很好！薇歐萊特似乎舒緩了一些緊張的情緒

　　他們三個同時踏上了吊橋，下面的河流十分湍急，河水**轟隆隆**地怒吼着！

　　教授對薇歐萊特說：「別往下看，往前看，然後想想別的事情，盡量讓自己想一些幸福美好的事情！」

　　於是薇歐萊特低聲哼起了一首歌，那是她小的時候，祖母經常在她睡覺前唱給她聽，哄她睡覺的**搖籃曲**《**荷花**》。

　　回憶着**幸福的**往事，薇歐萊特一步步地走着，不知不覺已經抵達橋的另一邊！

咳咳咳咳咳咳！

教授緊緊握住薇歐萊特的 🐾🐾 說：「太好了，薇歐萊特，你做到了！你很勇敢！」

「快來，教授，快來看！」寶琳娜**大聲**叫道。她剛剛為大家找到了一塊可以稍作休息的平地，卻發現那裏有一些鼠在露營後遺下的痕跡。

潘蜜拉驚訝道：「有鼠來過這裏，會不會與**宮扎羅**有關？」

「也許有關！這些痕跡看上去比較新，像是最近留下來的。」教授一邊檢查着地上的**痕跡**一邊確認道。

咳咳咳咳咳咳！

一聲震耳欲聾的鳴叫從天空中傳來！

咳咳咳咳咳咳！

多古查教授和菲姊妹靠貼在岩壁上，捂住了耳朵。

咳咳咳咳咳咳！

三隻羊駝拔腿就跑。

咳咳咳咳咳咳！

是什麼生物發出這種讓人畜都受不了的尖叫呢？

咳咳咳咳咳咳！

「是禿鷹！」潘蜜拉指着天空大喊。

在擋住了太陽的烏雲間，他們隱隱約約看到了一隻鳥的影子，那是一隻巨大的鳥！

妮基尖叫着：「牠正向我們飛過來！」

教授喊道：「**躲起來，快！**」

高亢的鳴叫聲伴隨着一陣「嘶嘶」聲。

這個時候，沒有鼠敢抬頭看看到底這是怎麼一回事。

大家出盡全力四散而逃。

薇歐萊特、潘蜜拉、教授向右側逃去，他們跑了幾米，找到了一個可以藏身的**山洞**，妮基、寶琳娜和科萊塔則向左側跑去。

禿鷹震耳欲聾的鳴叫聲越來越近，她們三個實在找不到可以躲起來的地方！危急關頭，她們看到了一片灌木叢，於是跳了進去，但剛跳進去，她們腳下的地面就塌陷下去了！

「**救命？啊？**」女孩們大喊，但是此刻沒有鼠聽得到，因為薇歐萊特、潘蜜拉、教授已經躲進了山洞裏，還摀住了耳朵。

救命啊！

禿鷹的叫聲震耳欲聾。

女孩滑呀滑呀滑呀！滑呀滑呀滑呀滑呀！

這下子肯定要跌入 深 淵 了！

她們身邊的岩石上布滿濕滑的苔蘚，沒有一處可以讓她們抓住的地方。她們不斷下滑，像是沒有終點似的。不知道過了多久，直到突然間傳來一聲「咚」，下滑終於結束了！

寂靜了好一會兒，女孩們才接二連三地開始回過神來。

科萊塔抱怨道：「哦哦哦！」

寶琳娜關切地問：「大家還好嗎？」

「**不好不好不好！**」科萊塔喊道，「我掉進了**泥潭**裏，背部摔傷了，還斷掉了一塊指甲！」

忽然，一束光線刺進她的眼睛裏，讓她停止了抱怨。

是妮基拿出了她的 **電筒**，對着科萊塔照了一下。

「你看上去也不至於很糟糕嘛！振作一點，我們趕緊起來吧！現在得先知道我們在哪裏。」

寶琳娜和科萊塔互相攙扶着，一瘸一拐地走在後面，妮基則拿着 **電筒** 在前面帶**路**。電筒的光

線非常微弱，幸好的是，菲姊妹的眼睛已經慢慢開始習慣**黑暗**了。

她們沿着一條狹窄但是剛好能讓一隻鼠通過的地道前進，兩邊的牆壁特別光滑，這有點讓鼠摸不着頭腦。

道路很整齊，雖然光線不足，但菲姊妹還是可以往前走着。

「像是有鼠曾經在這裏挖了這條**隧道**。」寶琳娜觀察得很仔細。

「你說得對！」妮基很贊同。

接着，妮基把電筒照在一座**雕像**上。

科萊塔驚叫：「哎呀，好醜呀！那是什麼？」

寶琳娜一邊靠近觀察一邊說：「那是一座印加雕塑！」

妮基分析道：「它看起來像是一個⋯⋯守衛！」

「那它在**守護**着什麼呢？」

妮基用電筒指了指前方不遠處，那裏的牆壁上有一個入口。

她叫道：「就是那道**大門**！」

一隻奇怪的禿鷹

與此同時，另一邊的菲姊妹又如何呢？

當巨大的禿鷹出現時，潘蜜拉、薇歐萊特和教授跑到不遠處的一個山洞裏躲避……

咳咳咳咳咳咳！

現在，禿鷹的叫聲越來越遠了。

潘蜜拉走到**山洞**，謹慎地向外面看了看。

「牠好像飛走了。」

「但是為什麼一隻鳥可以發出這麼**震耳欲聾**的鳴叫聲呢？」薇歐萊特困惑地問教授。

他們一邊**環顧四周**，一邊走出了山洞。

天空中不再有禿鷹的影子了，但薇歐萊特在洞口發現了一些奇怪的東西。

她彎腰從地上撿起一根黑色的羽毛。

教授問：「這是**禿鷹**的羽毛嗎？」

「這是一根羽毛……但不是屬於禿鷹的！」薇歐萊特説，「這是……**烏鴉**的羽毛！」

「你肯定？」

潘蜜拉插話道：「教授，如果是薇歐萊特説的，那肯定沒錯！」

「等等！這個又是什麼？」潘蜜拉彎腰從**地上**發現了另外一樣東西。她用兩根手指沾了一點那東西，放到鼻子下聞了聞，然後判斷道：「這些……是機器的潤滑油！」

「**潤滑油？！**」薇歐萊特和教授都有些吃驚了。

「嗯，是引擎用的潤滑油，還沒有乾透呢！」潘蜜拉非常肯定，「汽車是**不太可能**開到這裏的，對吧？」

　　「對！」薇歐萊特和教授表示贊同，「那就是説……」

「那隻禿鷹不是真的！」潘蜜拉抬頭
看着天空，仔細分析道：「我覺得有鼠想要恐
嚇我們！」

我們來整理一下現有的線索！

· 一隻禿鷹怎麼會掉下烏鴉的羽毛？

· 禿鷹怎麼會發出這樣震耳欲聾的鳴叫？（要知道，
禿鷹可是非常沉默的鳥類，牠們只會
在交配季節時發出叫聲。）

· 禿鷹怎麼會掉下引擎用的潤滑
油？

不期而遇

與此同時，寶琳娜、妮基還有科萊塔進入了**大門**裏。

在一片**漆黑**中，小小的電筒的光線顯得更加微弱，她們只能隱約看到一個寬闊的空間，四周的牆壁上有一些**裝飾圖案**。

嘶嘶……

很可怕！這裏會有什麼東西？

突然，一個影子撲向她們！

「呀呀呀呀！！！！」科萊塔嚇得尖
叫起來，叫聲在這個密閉的空間裏顯得格外響
亮。

好像有什麼東西打到了妮基的手臂，妮基
手裏的電筒掉到地上，這下子可真是徹徹底底
的黑漆漆了！

「我抓到了！抓到了！」寶琳娜尖叫，
妮基和科萊塔手忙腳亂地前去幫忙，但是在一
片漆黑中只能胡亂地摸索。

「喂喂！」攻擊者氣急敗壞地大喊。

「放開我的頭髮，臭老鼠！」科萊
塔出手拍打對方，但是她錯打了寶琳娜，寶琳
娜痛得鬆開了手。

於是那隻老鼠想趁黑暗逃走，可是他

馬上就被擋住了。

只聽到一聲「**咚**」的巨響和一聲因疼痛發出的吼叫：「**啊呀！**」

然後，*一片寂靜！一片寂靜！一片寂靜！一片寂靜！*

妮基找回電筒，重新開啟，一束微弱的光線照亮了四周。

「讓我們來看看你到底是誰吧！」妮基邊說邊把電筒轉向那隻老鼠。

「宮扎羅！！！」寶琳娜喊了起來。

沒錯，是宮扎羅‧弗蘭西斯科‧多古查。

菲姊妹找到了多古查教授的兒子了！

爸爸！

「寶……寶琳娜？」宮扎羅驚訝地結巴起來。

他們呆呆地互相看了三秒鐘，因為實在太驚訝了，以至他們什麼話都說不出來，然後他們**激動**地擁抱在一起。

宮扎羅**高興**地說：「我們已經很久沒見了！我都快認不出你來了！」

科萊塔**冷靜**地說：「不好意思，我要打斷你們一下，我們是不是應該換個地方再說？」

「**對！**」妮基叫道，「既然我們找到了宮扎羅，那就趕緊離開吧！電筒快沒電了！」

　　寶琳娜對宮扎羅說：「科萊塔和妮基說得對！有什麼話等我們出去之後再說！」

　　沒有鼠願意待在這個黑漆漆的洞穴裏。

　　宮扎羅示意女孩們跟着他，然後他們一個跟一個的平安地穿過了地道。

　　「出口就在這邊！」

　　他們穿過一條長長的上斜通道，拐了幾個彎後終於重新看到了太陽的光芒！

　　他們從洞穴中鑽出來的地方，正好是潘蜜拉、薇歐萊特和教授的藏身之處。

　　「爸爸！」

　　「宮扎羅！」

　　多古查教授看到自己的兒子從洞穴裏鑽了出來，驚訝極了。

爸 🍵 爸！

教授和宮扎羅激動地擁抱着，互相拍了拍後背。

再次重逢時，大家都平安無事，菲姊妹們也**高興**極了。

寶琳娜向宮扎羅介紹了自己的四個好朋友，又講述了她們的冒險經歷。

經歷了無數次**危機**後，她們腦中繃緊着的那根弦終於可以鬆下來了。

「這個時候應該好好地喝一杯熱茶！」

爸爸！
宮扎羅！

　　薇歐萊特提議，為了父子團聚，大家應該好好地**慶祝**一下。

　　不過他們的行李都繫在那些羊駝身上，剛才牠們被「禿鷹」嚇得**四散而逃**，現在該去哪裏**追回**牠們呢？

　　幸運的是，妮基和寶琳娜在附近兜了一圈，發現牠們正在不遠處安靜地吃草。於是，他們沒費多大勁就取回了**工具**和一些日用品。

　　「對不起，女孩們！如果我在地洞裏傷害了你們，我在此鄭重地道歉。」宮扎羅呷了一口茶，繼續說道，「在**黑暗**中，我誤把你們當成敵人了。」

　　「什麼**敵人**？」他的爸爸問。

　　「是三隻壞老鼠，那些騙了我的壞傢伙！他們一直在暗地裏**跟蹤**着我。」宮扎羅解釋道，「他們把我所有的東西都搶走了，包括我的考古筆記簿，我差點就可以找到**秘密城市**了！」

「那些壞老鼠太可惡了！」潘蜜拉說。

宮扎羅講述了他竭力**擺脫**那些壞蛋的經過。

當時，他就藏在他的爸爸為躲避禿鷹而躲進去的那個山洞裏。在那裏，他發現了印加人的**古代文物**！

「我找到了印加人令人歎為觀止的遺物和雕刻！」

「但你被劫後為什麼一直待在這裏？」父

宮扎羅·弗蘭西斯科·多古查

以最佳成績畢業於利馬聖馬科斯大學考古學系，利馬聖馬科斯大學的歷史相當悠久，它是西班牙人在南美洲最早建立的大學之一。哥倫布發現新大陸早期，考古學的一個重要分支是研究印第安三大古老文明：阿茲特克文明、瑪雅文明和印加文明。

親責備他道，「你整整兩個星期音訊全無！為什麼不向我們尋求幫助呢？」

宮扎羅**愧疚**地低下了頭，說：「對不起，爸爸！讓你擔心了！但是我真的不能回去，我要**監視**着他們。我要知道他們是誰，才能告發他們！還有，萬一他們找到了**秘密城市**，我要確保那羣壞蛋不會損壞，甚至洗劫那些代表着印加文明的文物古跡！」

多古查教授一臉嚴肅，沉默不語，宮扎羅和菲姊妹則屏住呼吸盯着他看。

教授微笑着說：「你是一個固執的孩子……宮扎羅，但你更是一個優秀的考古學家！」

可疑的老鼠，可疑的計劃

「你知道那些搶劫你的老鼠是**誰**嗎？」寶琳娜問。

宮扎羅點頭道：「知道，他們是**帕克‧馬納東卡**的同黨！」

「帕克‧馬納東卡？！**那隻偷偷摸摸的老鼠？！** 他也是個考古學家啊！」多古查教授聽後實在接受不了，他的臉因為憤怒而變得通紅。

馬納東卡是一位著名的考古學家，德高望重，可是多古查教授一直懷疑他的真正企圖。

「即使我不喜歡他，我也從沒想過他會用這樣的**詭計**！」教授說。

「爸爸，你阻止不了他的。」宮扎羅勸戒他的父親，「馬納東卡言而無信、貪婪、危險，從我發現這裏的**繩結文字**那天開始，他就開始監視着我。他一直假裝對我的研究很感興趣！」

「是啊，感興趣到要搶走它！」多古查教授**鄙視**地吹起了鬍子。

他一直假裝對我的研究很感興趣！

「對不起……但什麼是**結……結……**就是你們説的那個東西？」潘蜜拉加入了談話。

「繩結文字是一種古老的印加文字。」宮扎羅説。

113

繩結文字

在印加文明中，神秘的繩結被印加人稱為奇譜，他們用彩色的繩子打結記事，這就是他們的書面文字！科學家經過研究發現，繩結文字是一種以數字記錄方式的文字。

印加人通過繩結文字可以又快又準確地記錄所有的數據和事件，這讓征服他們的西班牙人也頗感吃驚。

歷任的印加統治者都會用繩結文字來記錄王國的人民數量和經濟資源的多少。在每年年尾，繩結文字都會從王國各地運送到首都存檔。

印加人不會書寫，也沒有像古埃及文明那樣發展象形文字。

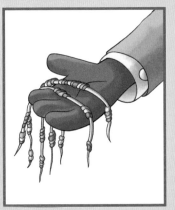

繩結文字是由一系列不同顏色、打了結的繩子組成，印加人主要用它來計劃事情，但是一些學者認為它們也可以用來描述故事，記錄完整的事件。

用不同的方式打的結代表着不同的數字，不同顏色則代表着不同的事件，比如金色的線代表着太陽或者印加國王。

繩結文字很難被翻譯的，有人堅信它不可能被翻譯，像宮扎羅做的那些事，在他們看來是愚蠢的！

線索！

1

禿鷹

2

潤滑油

3

羽毛

「你找到繩結文字了嗎？」寶琳娜問道。

「我很**幸運**地發現了關於『秘密城市』位置的繩結文字。**馬納東卡**不知道用什麼方法取到我的一部分研究筆記的內容，然後他就馬上跟了過來，還**搶走**了我的筆記簿！」

潘蜜拉抽出她之前收在口袋裏的**烏鴉毛**，說：「在整件事情裏，那個像是無意間闖進來，有着大喇叭一樣響亮的鳴叫聲的『禿鷹』，跟這一切又有什麼關係呢？」

「還有，這一切與引擎用的**潤滑油**又有什麼關係呢？」

「潘蜜拉，你的思路很清晰啊！」

宮扎羅讚賞了她。

「你們可否停一停，把一切詳細地解釋給我們知道好嗎？」科萊塔問道，她被這些摸不着頭腦的信息弄 **迷糊了**。

「對！」 **多古查教授** 説，「馬納東卡與『禿鷹』又有什麼關係呢？」

「那不是一隻真正的禿鷹！那是一架裝扮成禿鷹的滑翔機。」宮扎羅解釋道，「馬納東卡給它裝飾上一層羽毛，目的是 **嚇唬** 那些可憐的當地鼠！」

禿鷹樣子的滑翔機

科萊塔問：「為什麼要嚇唬他們呢？」

「只要確定了秘密城市的位置，他就能輕易找到那個地方，而『禿鷹』是用來阻止那些對秘密城市感興趣的老鼠！」

「但是……」薇歐萊特終於開腔說話了，「如果他們還在用假的禿鷹來嚇唬人，那就說明馬納東卡還未找到他要找的東西！」

宮扎羅佩服地讚歎道：「寶琳娜，你的朋友們真厲害！確實是這樣，他還未找到秘密城市！因此他才讓他的同黨跟着我前來，搶了我的考古筆記簿。不過，就算他拿了我的筆記簿，也無法進入秘密城市，因為我的筆記簿裏並沒有記載關於如何打開那道秘密城市的大門——太陽門的方法。「恐怕對他來說，毀壞大門比打開它更容易！」教授忍不住說道，現在的他簡直怒不可遏。

教授的話像是給大家當頭潑了一盆**冷水**。是的，像馬納東卡這樣的流氓是不會在乎**印加人**的文物古跡的，他對那筆傳聞中的秘密寶藏的狂熱，甚至會不惜毀掉整座**秘密城市**！

帕克·馬納東卡教授

這位教授的全名叫做帕克·菲利普·路比紐·馬納東卡·伊·拉扎隆。

他的祖先馬納東卡·伊·拉扎隆與西班牙殖民者一起來到了秘魯。

太陽門

菲姊妹、宮扎羅以及教授離開了山洞，再次走上山間的**小徑**，前往秘密城市。

最後，他們停在一個巨大的梯級前，那上面高聳着一堵保存完好的城牆！

很迷人！太壯觀了！

在城牆中央，有一道**金光閃閃**的大門——太陽門。為了保護印加人的**寶藏**，它已經關閉了數世紀之久。

突然，從上面傳來馬納東卡的尖叫聲，把菲姊妹和兩個考古學家**嚇了一跳**。

多古查教授從很遠處就看到帕克·馬納東卡

正想撞開**太陽門**！

在這之前，馬納東卡用盡了各種辦法想把它打開，他甚至耐心地等到了宮扎羅的出現，期待從那本考古筆記簿裏找到打開**入口之謎**的辦法，但他都沒能如願，那道大門依舊巍然不動。

「算了！我已經浪費了太多時間！現在就算要把門炸成粉碎也沒關係，只要能打開秘密城市的入口，裏面就有比破壞這道**金色**大門寶貴得多的財寶！」馬納東卡焦躁地大吼大叫。

現在，他和三個同黨打算在大門下埋藏一些**炸藥**來將大門炸開！

我們必須阻止這羣強盜！時間無多！

菲姊妹想到了一個能夠阻止這些壞蛋的辦法：讓宮扎羅先去吸引馬納東卡等的注意，而女孩們和教授則躲藏在不遠處，準備給他們一

個「驚喜」！

「帕克，住手！」宮扎羅**跑上**那幾個梯級，「我不會讓你破壞那道大門的！」

壞蛋們被這突如其來的叫聲嚇了一跳，但當他們看清楚對方只是獨自一個時，互相對看了一眼後便笑了起來。

「誰能阻止我？就憑你嗎？」馬納東卡嘲笑道。

「我會揭發你的惡行！」宮扎羅喊道，「我要讓整個考古學界和秘魯的鼠民都知道你是一個強盜！」

「你們去捉住他！」馬納東卡向同黨下達了命令。

於是那三隻老鼠立刻跑向宮扎羅，宮扎羅當然不會在原地乖乖地束手就擒，他沿着城牆邊跑呀跑，跑到了旁邊的**亂石林**，然後一閃身跳進了**矮樹叢**中。

他在矮樹叢的樹枝之間艱難地一面跳躍一面奔跑着，那三隻老鼠則在後面氣喘吁吁地緊追不捨，

就在他們正要追上他的時候……

咣噹……！

一根**繩子**突然出現！其中兩個壞蛋來不及反應已經被絆倒了，而且滾到地上，摔成像疊羅漢一樣。

他們還沒弄清楚到底發生了什麼事之前，菲姊妹就已經撲了過去……三個壞蛋們被捆綁成了一串香腸！

帕克・馬納東卡呢？

他受到了**多古查教授**的親自招待——教授像牛仔一樣用繩索套住了他！

一道……沒有鎖的門？

現在，馬納東卡他們已經~~出局~~，輪到宮扎羅等來打開太陽門了！

不過，在菲姊妹正在欣賞這道迷人的大門的時候，她們發現，在門側一根大柱子上有兩個**一模一樣**的手柄。她們正想伸手去觸摸，只聽到多古查教授大喊：「別碰它！那裏可能連接着為了保護大門而設置的機關陷阱！」

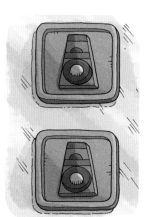

「真是**進退兩難**！」薇歐萊特說，「要是選錯了，我們一定會失敗收場！」

寶琳娜**笑了笑**說：「也許，解決方法比我們想的要簡

單得多……現在這個情形讓我想起了一個關於壞國王和狡猾犯人的**童話**，是我小時候經常聽媽媽講的！那個**故事**我特別喜歡，總是讓媽媽一遍又一遍地講給我聽，從不厭倦。」

很久很久以前，有一個國家出現了一位壞國王。那個國家有一個傳統，就是在每年太陽節的時候，都要釋放一名犯人，但那個國王不想便宜那名犯人，於是他便想出一個壞主意。

國王對犯人說：「我會在兩個花瓶中分別放入一個金球，一個銀球。如果你猜出哪一個花瓶裏放的是金球，你就可以得到自由，否則你就要繼續留在監獄裏！」

不遠處的宮扎羅和教授也好奇地湊近了，他們也想聽聽那個童話，於是**寶琳娜**開始**講故事**……

其實，國王在兩個花瓶中放的都是銀球，根本沒有放金球。

犯人意識到了這一點，但他不能揭發國王要的詭計。如果只能選擇一個花瓶，他該怎樣救自己呢?

問題：
在只能選擇一個花瓶的情況下，犯人要怎樣自救呢?
答案就在下一頁。

「這個是裝有銀球的花瓶！」犯人說。

他比國王還狡猾！

　　寶琳娜的好朋友和兩個**考古學家**都非常認真地聽着故事，聽着那個壞國王與可憐的、幾乎不可能**成功**的犯人之間的故事。

　　「他該怎樣自救呢？」妮基問。

　　「*隨便選一個花瓶。*」薇歐萊特回答。

　　「薇歐萊特是對的！」寶琳娜說，「犯人指着兩個花瓶中的其中一個說：『這個是裝有銀球的花瓶！因此，那個金球肯定在另一個花瓶裏面。』

於是他拿起花瓶向眾人展示了**銀**球。如此一來，國王不得不把他釋放，因為要是他讓人看到另一個花瓶裏面也不是金球的話，那就等於**欺騙**了大家！」

　　教授**高興**地笑了起來，說：「當然，要讓國王有口難言的惟一**辦法**就是只選擇一個花瓶，隨便選一個！我們也用這種方法來選擇手柄，隨便選擇一個吧！」

　　多古查教授將右手放到了一個手柄上，慢慢地**扭動**它。

　　不久，他聽到一聲彈跳聲：**咔嗒！**

　　最初什麼也沒有發生，**過了一會**……地面開始震動！沉睡了幾個世紀的齒輪開始轉動了。

　　咔咔咔咔咔！！！

咔嗒！

咔咔咔咔咔！！！！

大門慢慢地開啟了！所有鼠都屏住了呼吸。

宮扎羅走近馬納東卡，説：「你雖然不老實，但你怎樣説都是一個**考古學家**……現在是一個對考古學家來説非常重要的時刻，所以你也跟我們一起進來吧！」

他把馬納東卡的三個同黨緊緊地綁在一起，藏在一個隱蔽處，然後帶着馬納東卡，跟我們的朋友一起跨過了**太陽門**！

在秘密城市裏！

　　進入大門後，眼前的是一個半圓形的大廳，大廳裏有三條通往深處的通道。

　　屋頂高處有一扇小窗戶，微弱的光線從那裏散射下來。

　　那座城市在哪裏？它的道路、宮殿還有花園又在哪裏？

　　「這不是一座真正的『城市』。」宮扎羅解釋道。「事實上，從來沒有鼠在這裏居住過，它只是印加人用來保存**財物**的地方。」

　　妮基聽了很高興，説：「現在那些寶藏已經是我們的囊中物了，對吧？」

　　教授問宮扎羅：「兒子，你應該知道怎樣找到它吧？」

但是宮扎羅的回答卻出人意料，他說：「我不知道，爸爸。我**沒有辦法！**」

「宮扎羅！你怎麼可以這樣？你把我們帶到這裏來，然後告訴我們什麼都找不到？」

「但是他已經很厲害了……」**馬納東卡**酸溜溜地插了一句。

宮扎羅聳了聳肩，說：「這裏其實是一個**迷宮**，當時印加人建造它就是用來收藏寶藏的。我們要是想尋找什麼，首先就要通過迷宮……對了，我有一個主意。」

宮扎羅說着從馬納東卡身上的**工具包**裏拿出一根很長的繩子，說：「我們可以用它來標記已經走過的路。」

說完他又叮囑大家一句：「千萬要小心！看清楚後再走，這裏可能有**陷阱和機關！**」

於是他們從門的中央出發。宮扎羅鬆開了馬納東卡，說：「我知道你現在不會嘗試逃跑的，因為我們離寶藏已經很接近了！」

迷宮由來

迷宮是一種滿布複雜通道的建築物。在古希臘神話中，迷宮是一座由名匠代達羅斯為克里特島的國王米諾斯精心製作的建築物，建於克諾索斯。這座迷宮是用來囚禁國王米諾斯的兒子——一個牛首人身的怪物彌諾陶洛斯的。

迷宮神話

在神話中，那個可怕的米諾斯王對雅典王提出，進貢7名童男和7名童女來獻給彌諾陶洛斯充飢。雅典王的兒子忒修斯與雅典城的年輕人民一致決定進入迷宮殺掉那頭怪物。米諾斯王有一個年輕的女兒叫做阿里阿德涅，她對帥氣的雅典王子忒修斯一見鍾情。這位女孩不想讓心上人白白送命，便將迷宮的事情以及沒有任何人能走出迷宮的情況告訴了忒修斯。但忒修斯堅持己見，於是阿里阿德涅把一個羊毛線團送給忒修斯。在這團羊毛線的幫助下，雅典王子記錄了迷宮的路線，最終殺死了怪物彌諾陶洛斯，並帶領同伴們平安地走出了迷宮。

在每個岔路口前，都是由宮扎羅來決定怎樣走。同時，他用繩子在已走過的路做了標記。

多古查教授和馬納東卡跟在他後面，女孩們則跟在最後，遇到死胡同他們就換個方向。多虧那條繩子做的記號，他們才不會迷路。

通道又**高**又窄，在頂部偶爾有一兩扇小窗戶，一羣老鼠在忽明忽暗的路上走着。藉着微弱的光線，他們模模糊糊地看到牆壁上

救命啊！

有一些美麗的圖案。

通道的地板上嵌着一些彩色的石頭，看上去似乎沒什麼危險，直到「咚」的一聲，馬納東卡被一塊凸起來的石頭絆倒了。頓時，他腳下的地板轟隆隆地震動起來，這時，路的中央出現了一個巨大的深淵。

剛才還只是普通的地板，轉眼間就變成了深不見底的深淵！

妮基迅速跳向一邊，其他女孩迅速跟着她跳了過去。

「救命啊！！！」馬納東卡高聲呼救，這時的他攀在懸崖邊上，身體已經懸在半空了。

宮扎羅趕緊抓住了他，向他大喊：「快抓住我的 手爪 ！」在父親的幫助下，宮扎羅成功把馬納東卡救了上來。

但是現在另一個難題就在他們的面前：菲姊妹在深淵的另一邊，**他們被迫分成了兩隊！**

最簡單的辦法

　　宮扎羅向着**菲姊妹**喊道：「你們留在那邊別動，我們會拿着繩子繼續前進，待我們找到出口後會儘快回來找你們的！」

　　説罷，三位考古學家便消失在這個錯綜複雜的**迷宮**裏。

　　女孩們可不同意宮扎羅的安排。

　　「説不定正確的**出口**就在我們這邊！」潘蜜拉説。

　　「我們往前走，説不定會找到另一條出路。」妮基補充道。

　　「我也同意繼續前進！」薇歐萊特説，「但我們怎樣才能不迷路呢？」

「我們沒有*繩子*來做標記避免在迷宮裏迷路！」科萊塔*沮喪*地點了點頭。

寶琳娜在思考着什麼。

這時，她從口袋裏掏出一本小筆記簿和一支鋼筆，「我們可以用這些！」她說，「每到一個*岔路口*，我們就用它們來記錄是向左走還是向右走！這樣，如果我們不小心轉了回來，就可以不用走舊路啦！」

到達第一個岔路口時，寶琳娜用一個號碼和一個字母做了標記：1R。

「這代表什麼？」薇歐萊特問。

「第一個岔道向右（Right）轉。」寶琳娜回答道，「而 1L 的意思是第一個岔道向左（Left）轉，2R 就是第二個岔道向右轉，如此類推……」

「**太厲害了**！」潘蜜拉激動地抱住了寶琳娜，「越簡單的辦法越好用！不管怎樣，你真是個**天才**！」

她們為前進做好準備了！

美洲獅標誌！

與此同時，宮扎羅、教授還有馬納東卡在縱橫交錯的**迷宮**中**迅速**前進着。

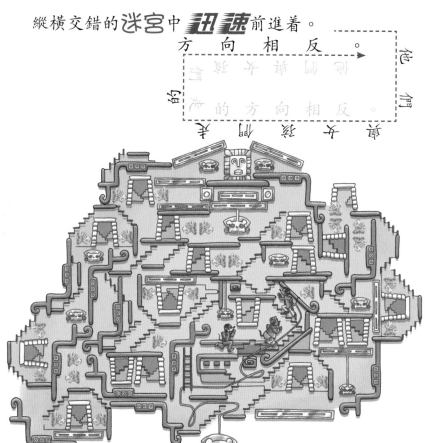

路途越來越迂迴曲折，梯級不停地上上落落。

突然，宮扎羅發現繩子已經用完了！

「現在怎麼辦呢？」馬納東卡問，「我們怎樣才能在迷宮中不迷路呢？」

「我們試着跟隨這些圖案走吧。」宮扎羅建議道，「我注意到在每個岔路口都有一個美洲獅的圖案，也許我們可以把它當作坐標，我們就按照它的頭面向的方向前進吧！」

「那我們要是到了死胡同怎麼辦？」馬納東卡有點不放心。

「我們就返回原來的位置，

選擇反方向繼續前進！」

我們跟着它走！

跟着**美洲獅**頭面向的方向走，這個主意看上去十分合情理，於是他們開始堅定不移地跟着它的指示在迷宮裏繼續前行。

在長長的通道的**岔路口** 總會有美洲獅的圖案，但不久他們便發現，所有美洲獅頭都面向着左邊，也就是說，他們最後會回到起點！

終於，地上出現了他們留下的**繩子**。

掉進陷阱裏！

　　對於菲姊妹來説，前進的道路也並不容易，**迷宮**內的路真的很難走！

　　她們怕像**馬納東卡**那樣，誤觸到什麼機關陷阱後會突然掉下去，於是她們排成一直線，小心翼翼地只踩着由前方帶隊的寶琳娜踩過的**石頭**，慢慢前進。

掉進　　　陷阱裏！

潘蜜拉抱怨道：「我們走得跟蝸牛一樣慢！」

迷宮快把她們的脾氣和耐性磨光了，但是更倒霉的事情還在後面呢！

倒霉的事由一陣嘶嘶聲開始⋯⋯

嘶 嘶 嘶 嘶 嘶 嘶 嘶 嘶 嘶 嘶 嘶！

菲姊妹小心地看了看四周，並沒有發現什麼異樣。

突然，好像有什麼東西打到了她們。

怎麼一回事？

小石頭像雪崩似的從四面八方向她們砸了過來。

咚咚 咚咚咚 咚咚 咚咚咚 咚咚 咚咚咚咚！

菲姊妹加快了腳步，想儘快離開那條路，而小石頭則繼續像落冰雹似的砸下來。

掉進　　　陷阱裏！

　　她們閃身鑽到旁邊的一個小房間裏，但一個柵欄門突然**從天而降**，把她們關在裏面。

　　她們被關進一個**黑漆漆**、既沒有門也沒有窗的小房間裏。

　　她們再也離不開了！

　　「我們掉進陷阱裏了！」寶琳娜驚慌失措地喊道。

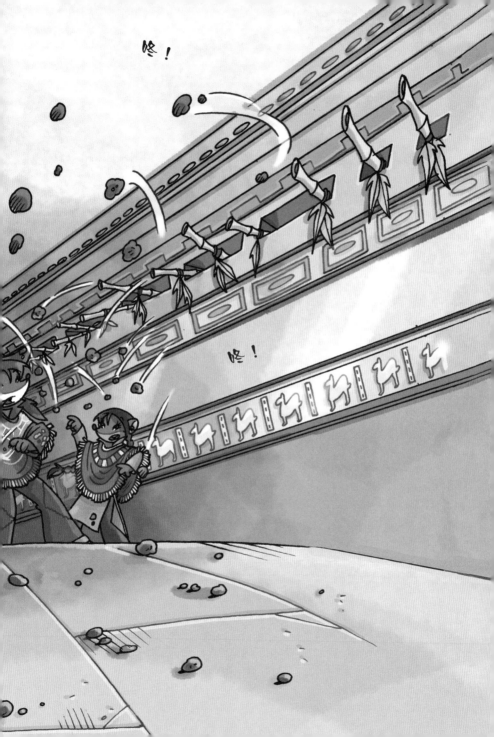

天黑之前

「我們像陀螺似的 繞了 ！」

多古查教授忍不住叫了起來。

宮扎羅分析道：「跟着美洲獅的頭面向的方向走根本是錯的！或許我們應該向反方向前進！」

隨後他再次堅定地重新出發了。

只是馬納東卡開始有點不耐煩，走了這麼久還沒找到寶物。他們不由得**加快**了腳步，因為要是到了**天黑**，沒有從屋頂小窗戶照進來的光，他們就什麼都看不到，到時就只能停止前進了。

還好，他們比較幸運，道路變得越來越平坦，通道也越來越開闊、**明亮**。

　　再沒有梯級，只有一條小小的斜坡。

　　「也許這才是正確的道路！」宮扎羅叫道。

　　「寶物肯定就在附近！」馬納東卡很有信心地說。

　　「那裏！」多古查教授忽然提高了聲音。

一道富麗堂皇的門出現在他們的面前。它跟太陽門一模一樣，只是小了一點。

「也許可以用剛才的辦法打開它！」多古查教授思索着。他把手放在其中一個手柄上，門突然被**打開**了！

跟在父子後面的馬納東卡使勁地推着，他確信門後就是寶藏的所在地。

但是由於推門的力度太猛，門一被推開，

他們三個就一下跌在門後的一條巨大的滑梯上……

秘密之門

　　菲姊妹們掉進了陷阱，被關在一個沒有出口的房間，這對她們來說真是一個**沉重的打擊**！

　　〔**我沒法相信沒法相信沒法相信！**〕

科萊塔誇張地重複着。

　　潘蜜拉沮喪地說：「姊妹們，我們被**困**在這裏了！」

　　「誰能把我們從這裏救出去呢？」寶琳娜說。

　　妮基**失望地**拉着臉，不知道該說些什麼。她靠在牆壁上，想着下一步該怎樣做。

咦？怎麼感覺後面的牆好像在**移動**，這是幻覺嗎？

妮基再看了看牆壁，和其他的牆壁看似一樣，但從觸感上判斷，她覺得這幅牆不是**石頭**做的。

「是**木頭**！」妮基驚訝地叫了起來，「一幅木牆，也就是……一幅假牆！」

所有鼠都擁過來摸了摸這幅牆。

「真的是木頭！」潘蜜拉拍着牆身說。

「它應該是一道**秘密之門**，弄得和其他牆壁一樣，也許是為了掩飾着什麼……難道它背後是一條通道？」寶琳娜一邊觀察一邊猜測。

科萊塔試着推了推它，那幅牆只是微微**搖擺**了一下。

「誰知道怎樣打開它呢？」

「讓我來試試，科萊塔！」薇歐萊特說着，用**兩隻手爪**把牆往一邊推去，「也許

這是一道趟門。」

　　薇歐萊特的猜測是對的，門滑向了一邊。出現在她們面前的應該是一條重要的通道，所以才被掩藏了起來，這條通道應該直接通向……

　　「**寶藏**！！！」女孩們齊聲喊道，她們**高興得**邊跳邊互相擁抱。

外面！

　　與此同時，教授、宮扎羅和馬納東卡繼續快速地滑入陷阱中。

　　「**救命呀！**」他們尖叫不止。這「滑梯」越來越陡斜，角度幾乎都要和地面成直角了！

　　終於，他們滑到滑梯的末端，再滾到下面的小斜坡上。

　　三個考古學家以為自己找到了寶藏，但實際上他們距離收藏寶藏的地方越來越遠——他們被拋出了「秘密城市」！

　　多古查教授栽進了一片茂密的灌木叢裏。

　　他連聲歎息着說：「**唉唉唉！**」

他身邊的宮扎羅站起來，並拉了父親一把，說：「爸爸，你還好吧？」

　　「**沒什麼**，兒子！」父親安慰他道，「我從小就**喜歡**玩滑梯，但是現在老了，骨頭受不了！呵呵呵……」

　　馬納東卡則被**拋**到比他們更低的草叢裏，父子倆現在無暇理會他。

　　對一隻真正的老鼠來說，**現在可是偷走**的**絕佳時機**！

好機會！

藏寶室內

菲姊妹知道，藏寶室近在咫尺！

她們通過一小段**通道**後看到，它就在小房間前方的不遠處。

寶琳娜先**動身**了，其他姊妹緊隨其後。

藏寶室以一種令人震驚的面貌**呈現**在她們面前。

這是一個極其寬敞的大廳，裏面有很多高高的柱子。牆壁上有**色彩絢麗**的圖案。最特別的是，它的屋頂是藍色的，布滿了星星和很多星座圖案，這構成了一個迷人的**星空**。

大廳裏有很多物品，令人瞠目結舌，女孩們的眼睛已經不知道該往哪兒**看**了。

哇啊！

一個角落裏有特別**漂亮的**花瓶，另一個角落堆滿奇怪的**工具**，再放眼看過去，那個角落則放置着布匹和織布機。

大廳裏有着不同的器具，上面有着厚厚的**灰塵**和密密麻麻的蜘蛛網，每件物品雖然經歷歲月的洗禮，但還是被完好地保存了下來。

這裏不僅是個巨大的「保險箱」，還像是一個令人震撼驚訝的博物館。它經歷好幾個世紀的塵封，今天終於重見天日，出現在世人面前，而昨天，這裏還只是一個消失了好幾個世紀的「秘密城市」。

菲姊妹在大廳裏小心地走動着，她們懷着激動的心情看着眼前的一切。

「**很奇怪的……寶物！**」寶琳娜驚歎。

「是的！」潘蜜拉贊同道，「沒有裝滿金銀的寶箱，也沒有堆積如山的珍貴寶石！」

「只有花瓶、小雕像、細口瓶，還有布匹……」科萊塔自言自語地邊說，邊出神地看着那些珍貴的文物。

寶琳娜則在觀賞着大廳牆壁上的壁畫，它們經歷了這麼長的時間，顏色依然很**鮮豔**，**圖案**仍然很清晰。

牆壁上刻畫的是當時的人們日常生活的場景。

壁畫描述了當時人們的日常生活，比如務農活動……

編織……

製造陶器等。

薇歐萊特喊道：「你們看，這裏有很多繩結文字呀！」她發現了一個箱子，裏面裝滿了打了結的繩子，它被整齊地放在裏面。

薇歐萊特與寶琳娜互相對視了一眼，心有靈犀。

「這才是真正的寶藏！」寶琳娜先喊道。

「一個巨大的寶藏！！！」妮基贊同道。

說完，潘蜜拉耐心解釋道：「印加人把他們所有的歷史和

文明保存在這裏！這裏擁有他們全部的智慧……多古查教授說得對！知識才是最大的寶庫！」

「他們保存了那些建築師們了不起的建築技術，這些技術曾經被應用在安第斯山脈上建造**整座**城市！」薇歐萊特指着一幅描述建築廟宇的畫卷向大家解釋。

「他們還保存了古印加天文學家的智慧，他們在望遠鏡未發明以前就研究**星空**！」寶琳娜看着屋頂繼續説道。

他們保存了建築師的技術！

他們保存了天文學家的智慧！

他們還保存了美容的小秘方！

「他們還保存了古印加時代的**美容**小秘方！」科萊塔插嘴道，「這些小瓶裏是一些香味濃郁的香水！」

「你們發現了嗎？印加人沒有收藏金銀財寶，卻把所有的文明和智慧保存在這座『秘密城市』裏！」

潘蜜拉、薇歐萊特、科萊塔、妮基不約而同地讚歎道。

「印加人實在太厲害了！」

飛嘍！

　　從**迷宮**裏走出來要比進去時**快**得多，也容易得多。

　　小石頭的掃射早就結束了，把她們關在裏面的柵欄門，大部分**木頭**也已經腐爛，很容易鑽過去，就連通過長長的通道也比她們想像的容易得多。

　　當菲姊妹從**太陽門**走出來時，多古查教授和他的兒子宮扎羅還正在想辦法營救她們。

　　因為馬納東卡逃跑了，發現藏寶室的大新聞變得沒那麼讓人興奮。

　　「我太大意了！」**宮扎羅**沮喪地道歉說，「我們再也抓不到他了。」

　　潘蜜拉可不這樣認為，她說：「我們會有

辦法的！你看！」

在茂密的灌木叢中，潘蜜拉發現了一堆奇怪的東西，那堆東西是……

「**大禿鷹！**」薇歐萊特叫道。

隱藏在灌木叢中的的確是那隻假禿鷹，它可把當地的居民給**嚇壞**了。

實際上，就像宮扎羅説的那樣，它只是一架裝飾着烏鴉羽毛和假禿鷹腦袋的滑翔機罷了。

這就是假禿鷹！

飛 嘍！

潘蜜拉一刻都沒猶豫就登上了滑翔機，坐在駕駛席上。

薇歐萊特**驚訝地**問她：「你打算做什麼？」

「只是想飛一圈罷了！」話音剛落，潘蜜拉已經啟動引擎起飛了！

咳咳咳咳咳咳！

那個**壞蛋**帕克‧馬納東卡正在走過那座吊橋，他自以為已經安全了，最少他覺得教授他們現在不可能會在這裏出現。

「他們不知道我從哪個方向逃跑，也不知道我把越野車停在哪裏！哈哈！」他想。

雖然他前面還有一段路需要步行，但是他不再是個**俘虜**了！

突然一陣恐怖的尖叫嚇得他**跳**了起來：

咳咳咳咳咳咳咳咳咳咳咳咳咳咳咳！

馬納東卡不敢抬頭看，那把聲音聽上去像是他的禿鷹滑翔機的叫聲！

咳咳咳咳咳咳咳咳咳咳咳咳咳咳咳！

等一下……

那真的就是他的禿鷹滑翔機！

但是，他的同黨還被綁在秘密城市外面……

那麼，是誰在駕駛着它呢？

　　馬納東卡抬頭望着天空，但他忽然失去了平衡，然後……

被 繩索 絆住，再一次懸在半空中。

「救命啊！」

　　由於馬納東卡的動作太大，繩子要慢慢地鬆開了。

「我要掉下去了！！！」

潘蜜拉見狀趕緊向橋下俯衝過去，那裏正是馬納東卡要 **掉下去** 的位置。

馬納東卡以為自己一定會摔個粉身碎骨了，然而……

咚！

他剛好跌在滑翔機上面。

菲姊妹添新成員了！

故事到這裏可以寫「結束」兩字了。

帕克·馬納東卡和他的三個同黨被轉交到庫斯科的警察局。

多古查父子向世人公布了一則頭條新聞：

這則新聞上了全世界報紙的頭條。

瑪利亞和寶琳娜在**馬丘比丘**再次互相擁抱。

瑪利亞高興得**手舞足蹈**。

她親吻了寶琳娜之後，繼續親吻着其他菲姊妹。輪到薇歐萊特時，瑪利亞從書包裏掏出了南瓜小屋，說：「**弗利里**生活得不錯，但是我覺得牠有點兒想你。」

薇歐萊特接過南瓜屋，用中式禮儀向小女孩深深地鞠了一躬以示感謝。

然後，她一本正經地對朋友們提議說：「我真的認為，瑪利亞配得上『菲姊妹』的名號！」

太好了，萬歲！

所有鼠都沒有異議：「太好了，萬歲！」

　　瑪利亞**激動極了**！

　　她簡直不敢相信自己的耳朵！

　　菲姊妹像女英雄一樣回到**庫斯科**，被人們熱情地迎接和招待。

　　不只**藍色老鼠**協會的朋友，還有全城的居民都參加了以她們為名舉辦的**盛大宴會**，因為瑪利亞發了電郵邀請了所有鼠！！！

我要邀請所有鼠！

給瑪利亞的禮物！

　　我一口氣讀完了女孩們的**冒險故事**，這時已經是**深夜**了，考慮到時差關係，我應該打一個電話到秘魯。

　　我想祝賀菲姊妹，但我更想和**瑪利亞**聊一聊。

　　我想送一份禮物給她，我考慮了很久，最後，我對她說：「我會寫一本關於**秘密城市**大冒險的書，它出版後我就會速遞給你，這樣，當你讀到菲姊妹的故事時，就會覺得自己和寶琳娜姐姐一起生活、一起經歷過偉大的歷險了！」

　　瑪利亞**激動**地說：「謝謝菲！

你知道嗎？我迫不及待地也想成為一名『菲姊妹』呢！

那一刻，我想，這個小女孩以後會跟她的姐姐一樣出色！

不只是朋友，更是姊妹！

俏鼠菲姊妹 Tea Stilton

你的頭上戴了什麼？

在秘魯，人們特別熱愛帽子！在這裏，你會發現各式各樣的帽子，而每一頂帽子都有獨特的裝飾：珍珠、絲帶以及其他可以戴在頭上的任何東西！

人們會不會是從印加人那裏繼承了這樣的傳統呢？在印加，每個部落都有一種與眾不同的帽子款式，這也是區分不同部落的明顯標誌。

參加儀式時，部落裏的每個族人都要戴上有部落特色的專屬帽子，所以，你戴的帽子可以讓人知道你所屬的部落！

闊簷帽

像「闊邊帽」的帽子

靈感來自16世紀西班牙士兵的「高頂頭盔」的太陽帽

秘魯著名的遮耳駝羊毛帽

高帽

流蘇帽

測試！

帽子看性格

衣着能說出我們是怎樣的人，它不僅體現了我們的**品味**，還揭示了我們的**性格**。

帽子是一個人衣着打扮中最先映入別人眼簾的重要**服飾**。

我們幾個姊妹都很清楚這一點，所以我們對不同帽子都情有獨鍾，你又會選擇哪一款帽子呢？

翻到下一頁，看看你選戴的
帽子代表着哪一種性格？

「帽子看性格」測試答案

A 妮基

牛仔帽象徵着冒險。你喜歡親近自然，更喜歡生活在大自然中。你不怕天氣陰霾，因為你知道這個時候該穿什麼衣服。

B 科萊塔

你最喜歡綴滿花朵的闊檐帽，甚至覺得戴上一個小面紗就更好了？這說明你很浪漫、自信，充滿魅力，就像科萊塔一樣！

C 寶琳娜

你選擇了暖色調的彩色帽子？說明你溫柔熱情，充滿幽默感，這樣的你喜歡有人陪伴左右，與家人關係親近。

D 薇歐萊特

你選擇了薇歐萊特的皮帽（人造環保皮革）？這是一頂暖和但造型優雅的帽子，它透露了你的性格特點：你對自己和別人的要求都很高，但是你最有風度，送給人的東西永遠都是最好的！

E 潘蜜拉

潘蜜拉沒有特別的帽子！她戴的惟一一頂帽子是用來遮擋暴風雨的！你也跟她一樣，不愛戴帽子嗎？這說明你的性格活潑，不愛受約束。

沒有禮貌的動物……

大羊駝看上去既沉靜又尊貴，其實，牠們是一種非常沒有教養的動物！

牠們總是獨斷獨行，從不會聽從你的指令。有時牠們還會向你吐口水，你覺得牠們這樣好嗎？我不知道還有什麼動物會像牠們這樣沒有禮貌！

會吐口水的動物

科萊塔搞錯了，在南美洲，不是只有大羊駝才會吐口水，所有的駝類動物都會：駝馬、羊駝（駝羊）等。

但是自然界還有比吐口水更厲害的……

比如南非的唾蛇會噴射毒液，牠的噴射目標一般是敵人的面部，如果被唾蛇的毒液不幸噴到眼睛裏，這會令敵人的眼睛產生劇痛，視線亦會變得模糊。

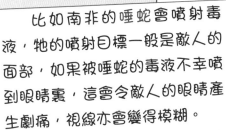

射水魚俗稱高射炮魚，牠會向水面上的蚊子和蒼蠅等的小昆蟲噴射水柱，將牠們從遠處擊落，然後吃掉。射水魚大多生活在印度洋至太平洋一帶的熱帶沿海及江河中。

寶琳娜和瑪利亞的小房間

這幾個月以來，我的妹妹長大了很多，我很高興菲姊妹可以認識她，她甚至成為了我們的吉祥之星。薇歐萊特說得對，瑪利亞已經有足夠的判斷力，現在是時候教她使用我的電腦了。這樣，儘管我們相隔千里，我仍可以使用網絡視頻（一個連接在電腦上的視像鏡頭及一個相關軟件）看着她一天天的長大。

當寶琳娜在陶福特大學時，這個小房間就屬於我的了。當然，她的電腦除外，寶琳娜很愛惜它，不過現在她教會了我操作電腦的方法，現在我們可以用網絡視頻聊天了！

1. 我現在可以用網絡視頻與姐姐聊天了！
2. 牠是一隻巨嘴鳥，名叫托克·瑪利亞，牠是一隻真正的頑皮鬼，但是牠可愛極了！
3. 這是在一次神奇的旅行中拍攝的！
4. 這是我的父母，我和寶琳娜都很像他們，對嗎？
5. 我很有畫畫天分，對嗎？
6. 看到我有多高了嗎？
7. 這是我和寶琳娜最喜歡的小房子玩具！
8. 呀！忘記告訴你們，寶琳娜是一個野外觀鳥者，對研究雀鳥的生活很感興趣。
9. 多得有互聯網，即使寶琳娜在陶福特大學，仍然能夠繼續為「藍色老鼠」工作！

鯨魚島

1. 鷹峯
2. 天文台
3. 弗拉諾索山
4. 太陽能光伏設備
5. 山羊平原
6. 風暴角
7. 烏龜海灘
8. 斯皮喬薩海灘
9. 陶福特大學
10. 帽貝河
11. 斯卡莫爾哲利亞
    乳酪廠，也是拉提卡
    海運公司的所在地
12. 碼頭

13. 卡拉馬羅之家
14. 贊茲巴紫
15. 蝴蝶灣
16. 貽貝角
17. 岩石燈塔
18. 魚鷹岩
19. 夜鶯林
20. 馬雷阿館：
    海洋生物實驗室
21. 老鷹林
22. 颶風岩
23. 海豹岩
24. 海鷗崖
25. 小驢海灘

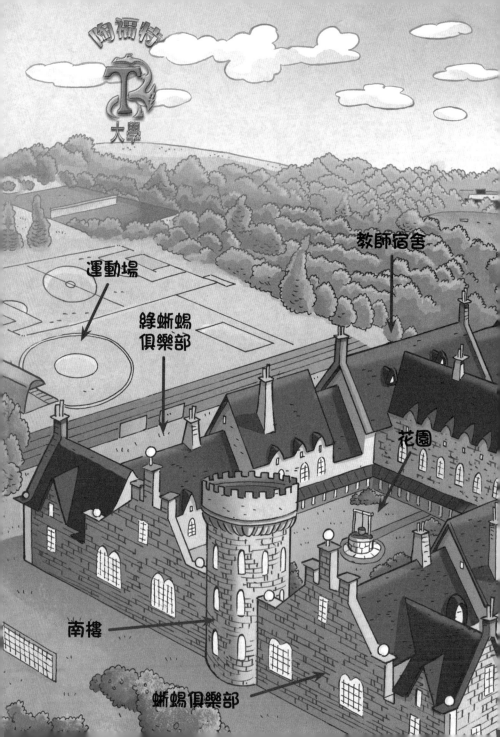

①密室裏的神秘字符

②徽章的秘密

③勇闖古迷宮